HENRY BRUNET

CONCOURS POÉTIQUES DE BORDEAUX

8e Concours

MA JOURNÉE

Poëme

(Mention du 10 juin 1872)

DISCOURS DE RÉCEPTION

Comme Membre d'honneur des Concours

ENVOI A MA MÈRE DU POËME MA JOURNÉE

« Allez et enseignez, instruisez toute créature. »

FONTENAY-LE-COMTE

IMPRIMERIE CH. CAURIT, SUCCESSEUR DE Ve E. FILLON.

1873·

H E N R Y   B R U N E T

CONCOURS POÉTIQUES DE BORDEAUX

—

8e Concours

MA JOURNÉE

Poëme

(Mention du 10 juin 1872)

—

DISCOURS DE RÉCEPTION

Comme Membre d'honneur des Concours

—

ENVOI A MA MÈRE DU POËME MA JOURNÉE

———

« Allez et enseignez, instruisez toute créature. »

FONTENAY-LE-COMTE

IMPRIMERIE CH. CAURIT, SUCCESSEUR DE Ve E. FILLON.

—

1873

MA JOURNÉE

Poëme

A Mlle D. L., Institutrice.

J'avais toujours rêvé, bien modeste, une école,
A la campagne, au sein de la vie agricole,
Où, jeune solitaire, je pusse librement
Jouir de la nature et de son sentiment.
Devinez si je dois être heureux, à cette heure !
Je goûte les bienfaits du calme, en ma demeure ;
Loin du bruit des cités, que j'aimais autrefois,
Je préfère aujourd'hui le ramage des bois.
Et vous, qui conservez la tendre souvenance
Des jours que vous avez consacrés à l'enfance,
Pourquoi me plaignez-vous? Je fais mon sort heureux,
Je ne m'inquiète pas si je puis être mieux.
Du reste, vous savez que bien peu me contente,
Qu'un faible éclair d'espoir plaît à mon âme ardente,
Et, pourvu que le ciel soit pur et radieux,
C'est assez pour mon cœur et beaucoup pour mes yeux.
Jugez, par le tableau de ma simple journée,
Si je dois en horreur prendre ma destinée,
Si j'aurais dû douter tant de fois du bonheur,
Lorsqu'il était si près de pénétrer mon cœur !...

D'abord (mais je vous vois à ce propos sourire !),
Reniant mon passé, je suis fort matinal.
Dès que dans nos vallons l'aube blanche se mire,
Que du clocher de bois part le pieux signal,

Je me lève. La nuit, rêveuse qui décline,
Mêle sa dernière ombre aux premiers feux du jour,
Et déjà le concert charmant de la colline
Aux attraits du réveil prélude avec amour.
A l'horizon lointain, les vastes cieux se teignent
D'un nuage de pourpre ardent comme le feu ;
Tremblantes tour à tour, les étoiles s'éteignent.
L'alouette, aussitôt, s'élance en le ciel bleu ;
Le rossignol, caché sous la tendre verdure,
Module ses accents les plus harmonieux.
J'aime, de ma fenêtre, écouter ce murmure
Et ces voix de la terre à l'adresse des cieux.
Le jour vient lentement. A peine, en le silence,
Entend-on de l'étable un long gémissement,
Ou du coq matinal le cri de vigilance,
Ou du jeune bouvier le pittoresque chant.
Mais ce qui dans mon cœur jette la rêverie,
C'est la plainte des eaux que la brise répand,
Comme une note triste au sein de la prairie,
Véritable soupir que l'âme goûte et sent.
Ce tableau souriant me pénètre, m'enivre,
Quelque chose de moi voudrait aller au ciel ;
Je sens que d'un frisson mon âme se délivre,
Je sens monter vers Dieu mon amour immortel.
Le passé m'apparaît, tantôt riant ou sombre,
Un soupir me ramène à ceux que j'ai connus ;
Je les vois, je les sens, j'en puis compter le nombre ;
Ah ! que tout est changé depuis qu'ils ne sont plus !...
Reviens, reviens toujours, ô vision chérie !
Devant ton passé mort je m'incline à genoux,
Tes noms, balbutiés par mon âme qui prie,
Font battre dans mon cœur des souvenirs si doux !

Mais, là-bas, le soleil éclaire la vallée,
Des folâtres oiseaux l'écho redit les chants.

Quittons, si vous voulez, cette chambre isolée,
Nous allons parcourir tous mes appartements.
En nous apercevant, aussitôt mon Cerbère
De joie à nos côtés pousse de joyeux cris.
Mon Cerbère... Ah! riez... Raton est moins sévère,
Et ne sait que manger les os et les souris.
On raconte pourtant qu'un jour à la poursuite
D'un renard il osa se terrer avec lui.
Mais, hélas! de l'histoire on ne dit pas la suite;
On prétend que Raton fit son souper d'autrui.
Revenons au logis. Etroit comme une cage,
Il n'a que cette pièce et le réduit d'en haut;
Je pourrais affirmer qu'il n'a qu'un seul étage,
Car mon pauvre grenier n'est pas trop comme il faut;
Il y fait froid l'hiver, et, sans effort ma tête,
Moi, bien petit pourtant, si je veux m'élever,
Suspendre quelque chose, a vite atteint le faîte.
Oh! mais dans mon grenier qu'il est doux de rêver,
Lorsque les vents, la nuit, déchaînent leur tourmente,
Quand gémissent les eaux, ou bien qu'un souvenir,
Comme une voix lointaine à l'oreille qui chante,
De tout ce que j'aimais me vient entretenir!...

Déjà, dans les sentiers de nos vertes collines,
Le pâtre devant lui dirige son troupeau;
J'entends tinter au loin les cloches argentines,
Et les jeunes brebis broutent sur le coteau.
Avec ce bruit du jour commence ma journée;
Je ne m'appartiens plus, c'est l'heure du devoir:
Il me faut oublier la belle matinée,
Le spectacle des champs ne saurait m'émouvoir.
Avant que des enfants la bruyante cohorte
Ait troublé le repos de mon humble séjour,
Semblable au laboureur dont le regard escorte
Le sillon qui se creuse au travail du labour,

J'ai, comme lui, ma tâche et comme lui ma peine,
Mes outils à soigner, à remettre en état,
A choisir avec soin quelle sera la graine
Que ma main va jeter sur ce sol délicat.
Et quand dans mon cerveau je sens ma tâche mise,
Avant de commencer je sors prendre un peu d'air.
Ma cour et mon jardin, il faut que je le dise,
Sont d'une seule pièce et d'une même chair.
Mais tout est propre au moins, et mes deux plates-bandes,
Tout le long de mes murs, forment mon potager;
Le chèvrefeuille épais s'entortille en guirlandes,
Et de mes écoliers protège le verger.
A gauche, un peu plus loin, de l'étroite coulée,
En face la fenêtre, au bout de ma maison,
J'ai tracé mon parterre, étroit comme une allée,
Où j'ai semé des fleurs de plus d'une saison.
J'ai mon petit bassin, mon rocher, mes rocailles,
Voyez à mon approche attérir mes poissons
Dont le soleil de mai fait briller les écailles
D'un beau rouge de feu comme des écussons.
La pervenche, au fond bleu, si fraîche en sa verdure,
Aux fentes du rocher cherche un abri secret;
Sous la voûte du roc, la violette obscure
Est l'emblême caché du modeste bienfait.
Ma source jaillissante, à l'humble cascatelle,
Répand son frais murmure à l'ombre du rocher.
Tel le flot qui gazouille et dont la voix se mêle
Au souffle de la brise, à l'appel du nocher.
Ma treille en s'allongeant se transforme en tonnelle;
Un siége en bois rustique est disposé dessous;
Là, je puis en repos, heureuse sentinelle,
Surveiller les plaisirs de mes soixante fous.
Regardez maintenant accourir, à ma vue,
Mon beau petit coq blanc superbement botté,
Et de ma basse-cour annoncer la venue,

Trompette magnifique et plein de dignité.
Enfin, sous mon berceau, mes blanches tourterelles
Sont les hôtes chéris de mon rustique Eden ;
Emblème de l'amour, des douceurs maternelles,
Elles ont dans mon cœur mis des pensers d'hymen !...

Des villages lointains arrive ma jeunesse :
Les rangs sont aussitôt formés à mon signal ;
Je juge leur ensemble, et, d'un air de prouesse,
Le bataillon défile au chant d'un air martial.
Dans le recueillement, les bouches enfantines,
Aux accents pleins de grâce et de douce candeur,
Murmurent lentement les prières divines
De l'humble créature au divin Créateur.
Je ne vous dirai point comment après je passe
Les heures de travail et de saint dévoûment ;
Vous savez comme moi ce que c'est qu'une classe,
Si six heures de gain sont un rude moment...
Oh ! mais la tâche est sainte et son œuvre est suprême !
L'école est du pays l'autre Rédemption,
C'est de l'intelligence un utile baptême.
Moi, dussé-je souffrir, j'ai ma vocation,
Et, pour faire le bien, j'aime le sacrifice...

J'ai vite savouré le plus frugal repas,
Et j'annonce à l'instant l'heure de l'exercice.
L'œil fixe, le corps droit, voyez, ils vont au pas,
Jeunes guerriers en herbe. Il faut que l'on commence ;
Ces innocents petits qui bientôt seront grands,
Ce sont eux qui plus tard doivent venger la France,
Et broyer sous leurs coups les vainqueurs insolents.
Si la science vient au secours de la guerre,
L'école doit prêcher les vertus du soldat,
Et nourrir de vengeance et de sainte colère
Les héros à venir du terrible combat.

Il faut que les deux noms d'Alsace et de Lorraine
Soient gravés dans leur cœur et qu'ils soient leur espoir,
Prêcher la guerre sainte à la race germaine,
Recueillir leur esprit dans le grand désespoir!...

Aux accents animés d'un air patriotique,
Les petits écoliers reprennent leurs travaux.

Quatre heures ont sonné dans le clocher gothique,
Les enfants dispersés regagnent les hameaux.
Ma tête fatiguée au calme se réclame,
Et c'est parmi mes fleurs que je le vais trouver;
Car, vous le savez bien, j'ai fait taire mon âme
Qui se sent de nouveau le besoin de rêver.
J'ai du temps, bien du temps, pour rentrer en moi-même,
Et le reste du jour m'appartient tout entier.
La nature m'invite à son riant poëme :
L'eau coule, l'oiseau chante, et dans l'étroit sentier
Sous les touffes du thym fleurit la violette.
Dans les sombres vallons, jusque sur les coteaux,
Il est de doux abris que chérit le poëte,
Et ma muse se plaît au sein de ces tableaux.
Je sors, j'ai sous mon bras quelques livres d'étude,
Sur la pente des monts je marche sans effroi,
Des abîmes béants l'affreuse solitude
Est l'asile où je sens le ciel plus près de moi.
Je rêve jusqu'au soir, et, quand calme et sereine,
Comme un voile léger, la triste nuit descend,
Je reviens à pas lents, l'âme ivre et toute pleine
D'amour, de poésie et de Dieu qui m'entend...
. . . .
. . . .
. . . .

Oh ! pays ignoré, Puymaufrais, doux village !
J'aime tes monts à pic, tes bois, tes champs fleuris,
Tes manoirs écroulés, ta nature sauvage,
Tes mugissantes eaux, et tes enfants chéris !
Puissé-je, dans ton sein, combattre l'ignorance
Jusqu'au jour où mon œuvre atteindra son succès !
L'estime de chacun sera ma récompense,
Et j'aurai mis ma pierre au temple du progrès.
Bien doux se passera le reste de ma vie,
Mes élèves grandis prospèreront heureux,
Et, lorsque frappera l'heure de l'agonie,
En pleurs, à mon chevet, ils fermeront mes yeux...

MON DISCOURS DE RÉCEPTION

Comme Membre d'honneur des Concours poétiques de Bordeaux

Nommé le 15 août 1872

—

Salut ! enfant, j'ai pour ma mère
Cueilli quelques rameaux dans vos sacrés bosquets ;
Votre main s'est offerte à ma main téméraire,
Etranger, vous m'avez accueilli comme un frère,
Et fait asseoir à vos banquets.

(Victor Hugo.)

Que ferai-je, Messieurs, dans votre aréopage?
Pourquoi ceindre mon front des palmes d'Erato ?
Il m'eût fallu, sans doute, un plus noble bagage,
Poëtes, et mon nom n'a pas un faible écho...

Mais, vous m'avez admis dans votre antique arène;
Monté sur votre char, je suis vos fiers coursiers,
Et je cours avec vous aux ondes d'Hippocrène
Rendre hommage à la Muse et bénir mes lauriers.

Ah ! pour chanter, Messieurs, mon entrée au Parnasse,
Ne me faudrait-il pas, athlète faible encor,
Les lyriques accents que Pindare et qu'Horace
Aux doux échos du Pinde offraient dans leur transport?

Eh bien ! je chanterai ! Maîtres, soyez mes guides !
Montrez-moi le sentier qui mène à l'Hélicon !
Sur le sommet sacré, mes chants encor timides
Briguent une humble place à la cour d'Apollon.

O filles de l'Olympe ! ô muses créatrices !
Donnez de la chaleur à ma témérité !
Soutenez mon esquif, soyez mes protectrices !
La tourmente m'entraîne en son immensité...

Lorsqu'en les fers jadis les peuples en délire
Sous les coups du destin se sentaient défaillir,
Le poëte accourait, et les sons de sa lyre
Réchauffaient dans les cœurs l'espoir de l'avenir.

La France est dans les fers... Pleurant son hécatombe,
A nos petits enfants montrons-leur ses lambeaux...
A travers chaque pierre, au seuil de chaque tombe,
Un souffle de vengeance exhale ses sanglots.

Poëtes, n'ayons plus de chant pour les Vestales !
N'attachons à nos luths que des cordes d'airain ;
Que la voix du clairon, le sifflement des balles
Soient notre seul accent, notre éternel refrain !...

Vous, Maîtres, entonnez un hymne à la patrie !
A votre tête, Hugo, sonne la marche... Allons !
Un peuple ne meurt pas, lorsque dans sa furie
La sainte Poésie instruit ses bataillons.

A vos côtés, je veux, dans ma modeste sphère,
Combattre comme vous ; de mes jeunes enfants
J'aiguiserai la haine en prêchant leur colère,
Et je préparerai des soldats triomphants.

Asile des vertus, ô ma modeste école !
Temple incarné toujours, cache ma pauvreté !
Et vous, Dieu souverain, soutenez ma parole,
Donnez-moi de l'amour et de la fermeté !...

Fils du Pinde, merci, votre appel m'encourage,
Il m'honore et je veux être digne de vous ;
Vous m'avez accueilli, recevez mon hommage,
De combattre sans moi vous me feriez jaloux...

Votre inspiration en moi s'est élancée
Comme un rapide éclair en mon âme de feu,
Votre génie accourt au fond de ma pensée
Comme la foi du ciel sur les ailes de Dieu.

Laissez-moi donc m'asseoir à vos banquets austères !
Je veux à votre coupe enivrer mon cerveau.
Oh ! gouvernez ma nef sur les ondes sévères...
Chantons !.. je suis la barque, et vous le grand vaisseau !..

Septembre 1872.

A MA MÈRE

Envoi du poëme MA JOURNÉE

Ma mère, il n'est plus temps; accepte ma couronne!
Sur ta tête blanchie elle brillera mieux
Que sur mon front rêveur, où l'éclat m'environne
    De ses pensers fiévreux.

En vain tes pleurs n'ont pu de mon cœur de poëte
Arrêter les transports; le fantôme charmant,
Qui préside à ma vie, un soir vint en cachette
    M'exciter tendrement.

Je ne pus surmonter le trouble de mon âme;
La muse le comprit. Sur ses traits gracieux
Se peignit tant d'amour, s'alluma tant de flamme
    Que je me vis heureux.

Je rêvai l'avenir! Mais de ce cher délire
Pourquoi t'entretenir? Sache, pour m'excuser,
Que la voix du génie et les sons d'une lyre
    Valent un doux baiser.

Ne crains rien pour ton fils; le flambeau de la gloire
Ne me destine point ses illustres malheurs.
Jamais, à cette coupe, on ne me verra boire
    Les délices des cœurs.

Ne crains rien pour ton fils; de la haine envieuse
Jamais le ver rongeur ne troublera la voix.
Qui peut être jaloux de la harpe pieuse
    Qui chante sous ses doigts?

Ne t'afflige jamais si je suis triste, pâle,
Si je marche la nuit et si je rentre tard,
Si j'aime des grands vents la plaintive rafale,
    Si sombre est mon regard !

Laisse de mes pensers murmurer la tempête !
Les flots dans leur courroux ont plus de majesté ;
Les rameaux des forêts courbent leur plus haut faîte
    Sous l'ouragan d'été.

Ainsi l'âme a son flux et son reflux immense...
L'œil de la rêverie y descend ; nos douleurs
Ont leur félicité, car c'est dans la souffrance
    Que bien doux sont nos pleurs.

Pourquoi donc marchons-nous vers les plus hautes cimes ?
Pourquoi dans l'avenir suivre des jours lointains ;
Prophètes, messagers chantant sur les abîmes,
    Révéler les destins ?

C'est que dans nos soupirs vient briller la lumière,
C'est qu'un phare divin éclaire notre nuit,
C'est que nous soutenant par la main, ô ma mère,
    Un ange nous conduit !...

Henry BRUNET,

Membre des Concours poétiques de Bordeaux.

Puymaufrais (Vendée), 4 décembre 1872.

Fontenay-le-Comte. — Imprimerie Ch. Caurit.